GÉANT

JO HOESTLANDT

Magnard
Jeunesse

À mon père, qui nous a quittés, mais qui est toujours là.
Et à mon frère, le roi des marais.
Jo H.

Illustration de couverture et d'intérieur : Thomas Baas
Direction artistique : François Supiot

5, allée de la 2e DB - CS 81529 - 75 726 PARIS 15 Cedex
www.magnardjeunesse.fr

Dépôt légal : Juin 2014 - N° éditeur : 2014/0564
N°ISBN : 978-2-210-96029-9
Achevé d'imprimer en mai 2014 par Rotolito Lombarda

Chapitre 1

C'est une histoire qui a commencé entre la terre et l'eau, sur des terres mouillées. Haut perché sur ses échasses, un jeune berger conduisait son troupeau jusqu'à la prairie d'herbe où ses brebis pouvaient brouter. Il s'appelait Louis et ressemblait à l'un de ces oiseaux maigres qui arpentent les marécages. Oui, depuis tout petit, Louis était grand ! Martin, son père, lui avait appris à marcher ainsi, en équilibre, et il ne tombait jamais.

– Es-tu prêt ? lui demandait-il.

– Prêt ! répondait Louis.

Alors chaque matin, le bâton à la main, ils partaient dans l'ombre. Ils ne se parlaient pas. Ils écoutaient. Ils écoutaient tout ce que disaient les arbres, l'eau, les animaux, tous ceux avec qui ils partageaient ces terres qu'ils aimaient.

Ils avançaient à grands pas, fiers comme des rois, et leur troupeau, en long cortège, les suivait. Louis connaissait chacune de ses brebis, et chaque brebis le connaissait aussi. Il veillait sur elles, il leur parlait. Elles étaient à lui, mais il leur appartenait aussi. Quand l'une d'elles s'était blessée ou venait de mettre bas, avec son père, ils portaient l'estropiée ou l'agneau nouveau-né sur leurs épaules et ramenaient la bête pour la soigner.

Louis aimait le marécage, ses couleurs vertes et mauves, ses hautes herbes ondulant comme de longs cheveux, la longue tige des roseaux avec laquelle il fabriquait des pipeaux. Il aimait observer ses habitants : les canards sauvages, les grenouilles et les crapauds dorés, les grues, les hérons, les bergeronnettes.

Et ce grand oiseau blanc, l'échassier, qui souvent l'attendait et ne s'envolait que lorsqu'il était si près qu'il aurait pu le toucher.

Dans le marais, il n'y avait pas de musique, mais quelquefois, cependant, *quelque chose* chantait. Son père et lui étaient les seuls à l'entendre. Qu'était-*ce* ? D'où *cela* venait-il ? C'était peut-être le chant du monde, qui rassemble toutes les voix en une seule.

Juché sur ses hautes échasses, Louis le petit berger croyait être perché au sommet de ce monde. Enroulé dans sa longue écharpe gris fumée, son père lui disait souvent :

– Nous sommes les derniers géants, Louis ! Plus près du ciel que de la terre ! Nous voyons plus haut, plus loin que les autres.

Et il ajoutait :

– Cela ne fait pas de nous des êtres supérieurs, mon garçon ! Mais cela doit nous rendre meilleurs, et heureux !

« Heureux ! » Oh oui ! Ils l'étaient. Louis en était bien sûr.

Fils de géant, il se disait qu'un jour, il égalerait son père, et même, peut-être, le dépasserait… Même si, comme ajoutait Martin un peu mystérieusement :

– On mesure les vrais géants non à la hauteur de leurs jambes mais à celle de leur cœur !

En attendant, Louis pensait que sa vie, ce serait toujours cela : accompagner son père chaque matin, monté sur ses échasses, et conduire le troupeau à travers les terres mouillées.

Mais le destin, parfois, est d'une grande cruauté envers les enfants, et les histoires sont pleines de ces destinées que la mort d'un parent vient frapper. Louis ne lisait pas ces histoires, mais elles l'ont rattrapé.

Son père est mort, tout d'un coup. Tombé de ses échasses comme un arbre soudain foudroyé.

Louis a hurlé : « Papa ! »... à moins qu'il ne l'ait murmuré. Il s'est précipité, il a tenté de le sauver, il a soufflé le souffle de sa propre vie dans la bouche de son père. Mais cela n'a servi à rien. Les yeux de Martin s'étaient fermés pour un sommeil qui n'aurait plus de fin.

On a enterré Martin le berger, profond sous la terre, lui qui avait vécu si près du ciel. Louis se disait que cela n'était pas juste : il aurait aimé que son père repose sur un nuage, dans le berceau de la lune. Pas dans cette boîte étroite, indigne de l'un des derniers géants que la terre avait portés.

« Que va-t-on devenir maintenant ? »

C'est la question que se pose chaque personne qui a perdu celui ou celle qu'elle aimait tant.

Cependant, Louis ne la posa pas. Il l'enfouit au fond de lui, son cœur lourd posé sur elle comme un gros caillou. S'il ne disait rien, ne prononçait aucun mot malheureux, tout, peut-être, paraîtrait, à peu près comme avant. Il pourrait au moins faire semblant. Continuer à marcher sur les traces et dans l'ombre de son père…

Aussi, dès qu'il le put, il s'adressa à lui-même courageusement :

– Es-tu prêt ?

Et il répondit comme avant :

– Prêt !

Il enroula autour de son cou l'écharpe gris fumée de son père et repartit avec le troupeau de brebis à travers le marais, dans le jour pâle. Chemin faisant, il pensait sans cesse à celui qui dormait pour toujours dans les terres mouillées. Il frissonnait. Il resserra son lainage, mais le froid s'infiltrait partout ; il le sentait pénétrer jusqu'au plus profond de son cœur.

Le grand échassier blanc n'était pas là.

Louis avait espéré que l'oiseau, mystérieusement averti de la disparition de Martin, serait présent comme pour un rendez-vous secret. Mais non, rien. Personne.

Le silence. Lourd. Tristesse. Colère.

Louis jeta son pipeau dans l'eau. Loin. Le plus loin qu'il put. L'eau le prit et le garda.

Chapitre 2

La vie, donc, se révèle parfois aussi cruelle que ces histoires où les enfants, perdus dans de grandes forêts, errent, longtemps, fuyant le malheur, à la recherche d'une maison, de leurs parents, du bonheur perdu.

C'est ainsi qu'un jour, la mère de Louis annonce :

– Louis, nous allons devoir partir…

Le jeune berger se raidit.

– Partir ? Comment ça ?

Sa mère alors lui explique :

– Rien ici ne nous appartient : ni la maison, ni les brebis, ni la bergerie.

Alors Louis comprend qu'ils n'étaient ni géants ni rois de rien du tout, en fait. Et que maintenant ils sont pauvres parmi les pauvres. Ils doivent trouver un autre endroit, un autre moyen de gagner leur vie.

C'est ce que sa mère lui dit doucement, mais les mots retentissent comme un orage dans la tête de Louis. « Ainsi donc, pense-t-il, tout ce qu'on croit, tout ce qu'on aime, tout ce qu'on a peut disparaître du jour au lendemain ? »

Il sort, il court, abandonnant ses échasses, à quoi lui serviraient-elles désormais ? Il s'arrête de courir seulement quand il est à bout de souffle, souhaitant mourir là, comme son père. Mais il ne meurt pas, bien sûr, son cœur est solide ! Il veut vivre ce cœur, et battre encore longtemps ! Alors Louis finit par rentrer chez lui, avec son petit cœur tout recroquevillé dans sa poitrine, loin, bien loin de ce cœur de géant dont il rêvait.

– Viens manger, lui dit simplement sa mère en le voyant rentrer.

Elle a posé son assiette à la place habituelle. Elle le regarde, hésite :

– Louis… Il y a des choses contre lesquelles on ne peut rien, qu'il faut accepter… Mais on est encore ensemble, tous les deux…

En face d'eux, la chaise de Martin est vide. Avant de s'asseoir, Louis a suspendu l'écharpe de son père au dossier, mais ça n'a rien changé, en vrai, rien.

Arrive le dernier jour. Louis emmène pour la dernière fois son troupeau à travers les terres mouillées. Dans le marais, tout est comme avant que l'orage n'ait éclaté dans sa vie. Louis se dit que demain, tout, ici, les aura déjà oubliés. Et ses larmes tombent dans l'eau vert et mauve, sans y faire ni un rond ni un pli.

Autour de son cou, l'écharpe de son père, brusquement, l'étouffe un peu. Il la desserre, finit par l'arracher, rageusement, puis l'abandonne à une branche. Le vent la détachera quand il lui plaira, et elle s'envolera. Il ne désire pas savoir où elle ira.

Il ne voit nulle part le grand échassier blanc, disparu lui aussi ; seule une plume – mais lui appartient-elle ? – trempe dans une flaque vaseuse.

Le marais ne le retient plus. Il part.

Chapitre 3

Louis et sa mère habitent maintenant une grande ville. Ils sont venus en train. Ils occupent un petit logis haut perché sous les toits.

– Regarde, lui dit sa mère aussi joyeusement qu'elle le peut, regarde comme c'est joli !

Une étroite lucarne leur offre un carré de ciel gris ou bleu, selon le temps, le jour, un carré étoilé la nuit. Leur ciel s'est considérablement rétréci.

Louis monte quelques cartons, aide sa mère à tout installer. Il s'efforce de ne penser à rien d'autre qu'à bien faire ce qu'il fait, et au plus vite. Sa mère pend leurs vêtements dans le placard, range la vaisselle sur l'étagère, pose sur le guéridon de l'entrée la boule de verre que Martin lui avait offerte à leur premier Noël. Louis aimait beaucoup, quand il était plus petit, la retourner pour voir la danseuse, à l'intérieur, faire le poirier, et juste après, remise à l'endroit, recevoir sur elle une pluie de neige argentée.

Le garçon demande :

– Et où je me mets, moi ?

– Là, répond sa mère.

Elle lui abandonne le coin sous la lucarne. Il y installe son lit ; il s'endormira en comptant les étoiles.

Dès le lendemain, la mère de Louis part à la recherche d'un travail. Elle dit qu'elle s'appelle Eugénie, elle énumère tout ce qu'elle sait faire : le ménage, la cuisine, la couture, le tricot, s'occuper d'enfants. Elle explique que c'est urgent, confie qu'elle est seule maintenant et qu'elle a un garçon à élever…

– Vous avez drôlement du courage, madame Eugénie ! lui répondent les gens.

Elle convient à chaque fois :

– Faut bien…

Et ils approuvent, parce qu'en effet, quand le malheur frappe, il n'y a pas le choix : chacun doit faire preuve de courage, il le faut bien.

Elle travaille donc, ici ou là, à la demande, et Louis fait tout ce qu'il peut pour l'aider. Il déclare :

– Je vais chercher du travail, moi aussi !

Sa mère hésite :

– Et l'école ?

Louis est catégorique :

– Je sais lire, écrire, compter. Ça suffit ! Et ce n'est pas le plus pressé !

Sa mère sait que cela est vrai. Elle soupire :

– J'aimerais que tu continues encore un peu, tout de même… quand tu le pourras, tu iras, hein, Louis ?

Il lâche un « mouais… » pas très convaincu ;

il n'a jamais beaucoup aimé l'école, n'y est pas allé régulièrement. C'était loin. Il y avait tant à faire avec son père. Et puis Martin non plus n'avait pas beaucoup aimé l'école, alors il n'insistait guère pour que son fils s'y rende assidûment.

De toute façon, l'école, c'est pour les enfants, et Louis ne se sent plus un enfant : le malheur l'a fait grandir d'un coup.

Alors il redit :

– Es-tu prêt ?

Et il se répond courageusement :

– Prêt !

Il commence par aller voir le marchand de journaux et lui demande :

– Vous auriez du travail pour moi ?

L'homme le toise de haut en bas :

– Je ne sais pas... Tu n'es pas bien grand. Et il faut se lever très tôt pour livrer les journaux.

– Alors c'est un travail pour moi ! s'exclame Louis. Je me lève toujours à l'aurore !

Et c'est ainsi qu'il rejoint la petite troupe des vendeurs de journaux, criant les nouvelles du jour sur le boulevard, devant les terrasses des cafés.

Il en profite pour solliciter les cafetiers, avise leurs grandes vitres :

– Je peux laver vos carreaux, si vous voulez !

Là encore, les patrons le toisent de haut en bas et déclarent :

– Tu n'es pas bien grand… Il faut monter sur les échelles, tu n'as pas le vertige ?

– Mais non ! s'exclame Louis. Me percher, j'ai l'habitude, monsieur !

Et il frotte soigneusement les vitres des cafés, et leurs miroirs, à l'intérieur, avec un chiffon doux vinaigré et en soufflant dessus une mince buée.

Il propose encore aux gens pressés de faire leurs courses, leur marché :

– Tu n'oublies rien en route, hein ? s'inquiètent-ils.

– Ne vous en faites pas, je sais compter ! répond Louis.

Et il compte et recompte ses colis, comme auparavant ses brebis.

Le soir, il dépose fièrement sur la table l'argent qu'il a gagné. Sa mère le félicite :

– Bravo, mon grand ! Tu vois qu'on va s'en sortir tous les deux…

Il voit.

Il va un peu à l'école aussi, de temps à autre, mais seulement quand il n'a pas de travail prévu ou d'argent à gagner. Il n'aime toujours pas l'école. Trop de murs, partout, des plafonds trop bas, pas le droit de regarder dehors, de suivre les nuages, le vol des oiseaux ni ses rêves. Et on le traite ici comme s'il était encore tout petit. Il y étouffe. Dès qu'il y entre, il n'a plus qu'une envie, en ressortir ! Vite !

Il pense qu'à l'école, on n'apprend pas la vie.

Chapitre 4

Dans cette nouvelle vie, au-dehors, Louis se fait quelques amis : des garçons de son quartier, qui n'ont jamais connu ni les marécages ni les géants. Eux, ils lui apprennent la ville. Ils s'appellent Paul, Gaston, Arthur, Ferdinand et Jules.

Avec eux, il s'amuse à courir sur les trottoirs en pente et à éviter les passants au dernier moment, à jouer aux billes sur la place aux quatre réverbères, à glisser sur les rampes d'escaliers, à collectionner les mégots tombés, les vieux trucs trouvés, abandonnés qu'ils revendront au ferrailleur ou au chiffonnier, à faire naviguer des bateaux en papier dans le ruisseau des caniveaux. Avec eux, il apprend à faire du vélo, à réparer les pneus crevés, à jouer au foot dans le terrain vague fleuri de pissenlits où de maigres chiens errants, pour de maigres pitances, s'affrontent férocement. Et comme ces chiens, Louis apprend à se battre, car ses nouveaux amis le préviennent :

– Tu dois être prêt, toujours, à attaquer et à te défendre, affirme Jules.

– Mais contre qui ? s'étonne Louis. Et pourquoi ?

– Contre n'importe qui ! répond Jules. Et pour n'importe quoi ! On ne peut pas savoir. C'est pour ça qu'il faut être prêt à tout, tout le temps. Vas-y, mets tes poings en avant ! Comme ça, regarde !

Alors il y va : il met ses poings devant lui, contre son visage, et il les lance en avant contre un invisible ennemi, de toutes ses forces, pour faire comme Jules. Mais il sait bien, lui, que cela ne sert à rien, qu'il existe des ennemis autrement plus forts que les poings du plus fort, capables de terrasser un géant comme son père en soufflant dessus comme on souffle une bougie.

Il n'y a qu'une chose qu'il ne veut pas faire avec eux : viser avec une fronde les oiseaux qui passent et, d'un caillou bien ajusté, pousser un « hourrah ! » triomphant en voyant tomber du ciel ces pauvres petits tas de plumes ensanglantés. Ça non, il ne le fera jamais, même si les autres se fichent de lui, le traitent de chiffe molle et de fillette !

Peu à peu, dans la mémoire de Louis, les images de son ancienne vie et des marécages pâlissent, semblables aux rêves qui s'effacent au matin quand on se lève.

Il lui semble qu'un grand couteau tenu par un ogre affreux a coupé sa vie en deux.

Un jour, il lui prend l'envie d'apporter ses échasses pour les montrer à ses amis, leur apprendre à marcher haut perché tels des géants et des rois, à voir plus haut, plus loin que les autres, non pour leur être supérieurs, seulement, comme lui disait son père, pour devenir meilleurs et heureux... Mais ils n'y arrivent pas, ils tombent, alors ils disent que c'est un sport à la noix ! Et ils se servent des échasses de Louis comme de longues épées de bois. Ils se battent avec en riant :

– Tiens, prends ça dans les côtes, abruti !

– Aïe ! T'es dingo, toi ! Tiens, prends ça dans les jambes, ça t'apprendra !

– Ha, ha ! Raté ! Tu m'as même pas eu, Lustucru !

Louis s'indigne, veut reprendre ses précieuses échasses :

– Ce n'est pas comme ça ! Rendez-les-moi ! braille-t-il.

Mais ils ne l'écoutent pas, se moquent de lui, se fichent des géants et des rois, et de voir

plus loin que le bâton qu'ils ont au bout de leur bras. Ils le pourchassent pour lui botter le cul à coups d'échasses. Alors il les reprend, rentre chez lui furieux et ne les leur apporte plus. Plus jamais. Elles restent là-haut, dans un coin du petit logis. Il y accroche, comme à un porte-manteau, sa pèlerine de laine et son béret.

Pour se calmer, Louis va se promener au bord de la rivière. Il aime quand elle ne coule pas trop vite, qu'elle dort un peu. Elle a des reflets verts.

Ça lui rappelle.

Mais un jour, dans le logement tout à côté du leur, un homme emménage. Louis l'aide à monter son lit dans l'escalier.

L'homme n'est pas seul. En haut,

derrière la porte de l'appartement, il y a une fille avec de très grands yeux, trop grands pour son visage ; mais sur elle, Louis se dit que ça fait beau. Il entre le lit chez eux ; au passage de la porte étroite, il s'écorche les doigts contre le chambranle. La fille s'en aperçoit et lui ordonne, d'un ton un peu sévère :

– Montre-moi ça !

Il n'ose pas. Il lui répond, gêné :

– Mais non, pas la peine, c'est rien !

Elle ne l'écoute pas, verse un peu de l'eau d'un broc sur un mouchoir, lui prend la main. Il regarde sa grande main à lui dans la sienne plus petite. Il tremble un peu, elle pas. Elle lui nettoie les doigts. Elle ne lui fait pas vraiment mal, mais elle agit fermement. Ça le brûle et c'est doux en même temps, il a chaud et il a froid, il respire un peu trop vite et un peu trop fort.

– Comment tu t'appelles ? lui demande-t-elle.

Pendant un instant, il ne sait plus, ça lui échappe, et puis évidemment, ça lui revient :

– Louis…, souffle-t-il.

– Moi, c'est Sofia ! annonce-t-elle.

Et ils se regardent comme si c'était magique.

Après, Louis se rend compte qu'en fait, ils ne sont pas seuls, Sofia et lui. Sous la fenêtre, dans un triangle de soleil, une toute petite fille bien emmitouflée dans un gros pull bleu ciel, les yeux baissés, joue en silence avec sa poupée. Elle mène avec elle une conversation qui ne fait pas plus de bruit qu'un peu de vent passant dans le feuillage d'un arbre.

– Elle, c'est Maria, ma petite sœur, explique Sofia. Elle est très timide. Elle ne parle presque pas. Seulement tout bas. C'est comme ça depuis que maman est… depuis que maman est partie.

– Partie où ? demande Louis étourdiment.

Aussitôt, il comprend qu'il n'aurait pas dû prononcer ces mots-là, que c'est une question qui ne se pose pas. D'ailleurs, Sofia détourne le regard et ne lui répond pas. Elle fait comme s'il n'avait rien dit.

– Elle a souvent froid aussi, Maria..., poursuit-elle.

– Ah ! fait Louis.

Une grande pitié le prend pour cette enfant sans voix qui a souvent froid.

Quand il rentre chez lui, Louis s'assied sur son lit, et pour la première fois depuis qu'il habite ici, les murs ne le gênent pas, ni pour réfléchir ni pour rêver. Ses pensées les traversent facilement. Parce que, de l'autre côté du mur, elles rejoignent cette fille-là, aux yeux trop grands, cette Sofia, et sa silencieuse petite sœur.

Il ne parle pas de cette rencontre à sa mère, il la garde secrète, il ne saurait pas dire pourquoi, mais c'est comme ça. Quand elle rentre de son travail, elle entend du bruit dans l'appartement d'à côté, alors elle s'étonne :

– Tiens, il y aurait quelqu'un ? Tu sais qui c'est ?

– Non, répond-il.

Il ne ment pas vraiment ; il ne sait pas qui sont ces gens, dans le fond.

Alors sa mère fait des suppositions :

– S'il y avait un garçon de ton âge, ce serait bien pour toi… Et peut-être qu'avec sa mère, moi, je m'entendrais bien…

Il ne répond pas. Il se demande s'il aurait préféré que ce soit un garçon, à côté. Il ne sait pas. C'est la première fille qu'il rencontre, ou bien c'est la première fois qu'il se rend compte qu'une fille n'est pas un garçon, enfin quelque chose comme ça.

Le lendemain soir, sa mère est toute bavarde. Elle a appris par la concierge que leur nouveau voisin est un homme seul avec ses filles, un homme qui a perdu sa femme.

– Heureusement, les fillettes ont l'air gentillettes ! a dit la concierge.

« Gentillettes ? » Ce n'est pas comme ça que Louis décrirait Sofia ! Il se rappelle comme elle lui a fermement nettoyé ses écorchures aux doigts !

– C'est dommage pour toi ! regrette sa mère. Si ça avait pu te faire un bon copain ! Et puis c'est dommage aussi pour moi qu'il n'y ait pas de mère, on aurait pu se rendre des services, prendre des petits cafés ensemble, bavarder…

Autrefois, dans leur vie d'avant, il ne semble pas à Louis que sa mère ait tellement aimé bavarder. Elle parlait peu avec son père le soir : « Tu veux encore de la soupe ? Passe-moi le pain, s'il te plaît. Comment va l'agneau nouveau-né ? Le chien a toujours mal à la patte… » Seulement des choses comme ça, les mots nécessaires, et cela ne semblait pas lui déplaire. Mais maintenant, elle veut cela : bavarder. Et quand Louis, distrait, ne lui répond pas, elle s'emporte :

– Mais parle-moi, bon sang ! Je ne suis pas un meuble !

Une fois, elle a même ajouté d'un ton un peu acerbe :

– Ne sois pas comme ton père ! Un taiseux !

Dans sa bouche, les mots ont semblé avoir un mauvais goût, un peu amer. Louis en a été surpris, choqué. Il s'est demandé si elle n'aimait pas qu'il ressemble à son père. Puis il s'est senti honteux de s'être demandé cela ; il a remisé cette pensée inquiétante loin dans son esprit, le plus loin possible pour l'oublier tout à fait.

Alors, pour satisfaire un peu la curiosité de sa mère, il annonce :

– Elle s'appelle Sofia.

Prononcer ce nom lui fait plaisir.

– Sofia ? répète sa mère. Qui ?

L'entendre répéter par sa mère redouble son plaisir.

– La fille, la grande, conclut-il.

Et pour qu'elle ne lui pose aucune autre question, il déclare :

– Bon, j'y vais !

Il sort, claque la porte derrière lui. Il dévale l'escalier quatre à quatre, se suspendant parfois à la rampe comme un singe à une branche, et atterrit au rez-de-chaussée les deux pieds joints, tel un acrobate à la fin de son numéro. Mais une fois dehors, il se demande où il pourrait aller. Comme il fait beau, il se décide pour le bord de l'eau. Elle ne coule pas trop vite. Elle est verte, et sous le soleil, elle a des reflets mauve et doré…

Ça lui rappelle.

Chapitre 5

Louis ne la voit pas tout le temps, Sofia. Il a plein de choses à faire, il travaille : les livraisons, les carreaux à laver, les journaux à vendre, l'école quand il y a moins de travail dehors, le vélo avec les copains du quartier, le foot dans le terrain vague où poussent à foison les pissenlits, donner un coup de main à sa mère de-ci de-là, remonter les provisions, construire la maquette d'un petit planeur et le faire voler par-dessus les toits, pour voir où il va… tout ça. Mais de temps en temps, quand il descend la poubelle,

le soir, il la croise dans l'escalier, ou à la boulangerie où elle achète le pain, et parfois une sucette :
– Pour Maria… a-t-elle éprouvé le besoin de justifier, l'autre jour, en rougissant un peu, comme si elle craignait qu'il ne l'espionne et ne l'ait prise en flagrant délit de gourmandise.

– Ah !… c'est bien, elle va être contente… a-t-il répondu en rougissant un peu aussi, de crainte qu'elle ne l'ait effectivement pris pour un espion prêt à colporter dans l'immeuble qu'elle achetait des bonbons en cachette avec l'argent du pain.

Ce matin, la mère de Louis lui a demandé de battre le tapis pour en faire dégringoler la poussière. Il le met à la fenêtre, le brosse, le secoue. La fenêtre d'à côté s'ouvre et la tête de Sofia s'y encadre. Elle lui sourit :

– Salut !

– Salut ! lui répond-il, en écho.

Elle sort une espèce de panier à salade. Il croit qu'elle va l'égoutter, mais en fait c'est une petite cage avec un oiseau jaune dedans !

– C'est mon canari ! déclare-t-elle. J'adore les oiseaux. Pas toi ?

– … Si.

Il raconte alors qu'il en a vu des oiseaux, dans les marais, tellement ! De toutes sortes : martins-pêcheurs, mouettes rieuses, aigrettes, bécassines des marais, poules d'eau, culs-blancs, bergeronnettes, et surtout le grand échassier qui se laissait approcher si près avant de s'envoler…

– Mais, ajoute-t-il pour ne pas avoir l'air d'un type prétentieux, un oiseau comme le tien, je n'en avais jamais vu. C'est un oiseau rare !

Elle hoche la tête pour approuver :

– Il chante très bien. Et on n'a même pas eu besoin de lui crever les yeux pour ça !

Louis n'en croit pas ses oreilles ! « Crever les yeux d'un oiseau ? Pour qu'il chante ? Et elle a dit cela tranquillement, sans sourciller, comme une information, rien d'autre ! Alors non, cette fille n'est pas gentillette ! Cette fille est *spéciale*, peut-être même *dangereuse…* »

Louis rentre son tapis, referme la fenêtre tandis que Sofia sermonne son canari :

– Toi, Riri, t'es là pour prendre l'air, hein, c'est tout !

« Riri ? » Louis pense que c'est une idée drôlement bizarre de donner un prénom à un oiseau.

– Ne rameute pas tous les pigeons du coin jusqu'à toi, hein ! Qu'ils n'en profitent pas pour nous balancer leurs crottes dessus ! T'as entendu Plumes-au-Cul ?

« Alors là ! » Ça dépasse tout ce qu'il a entendu jusqu'ici ! « Cette fille *spéciale* est en plus *spécialement drôle* ! »

Le front contre la vitre, il regarde Riri dans sa cage, perché sur sa minuscule balancelle, bien sage.

« En tendant le bras, je pourrai peut-être le délivrer », pense-t-il un court instant.

La tentation est grande. Il imagine son geste, le petit oiseau qui passe la tête par l'ouverture, surpris, hésitant devant la porte ouverte sur la liberté... Et puis il pense aux garçons du terrain vague avec leurs frondes, au petit caillou meurtrier qui fera peut-être tomber l'oiseau du haut du ciel...

– Reste là ! lui chuchote-t-il, les lèvres collées à la vitre. Après tout, ça pourrait être pire pour toi. Elle aurait pu te crever les yeux !

Un jour, en rentrant en fin d'après-midi, Louis entend une voix d'homme derrière la porte de leur appartement. Il s'arrête, surpris. Puis il la reconnaît. Cette voix est celle du père de Sofia ! Alors il ouvre. Il ne s'est pas trompé, il s'agit bien de lui. Sa mère s'exclame :

– Ah te voilà, Louis ! T'es en retard aujourd'hui. Heureusement, monsieur Josef m'a aidée à monter les provisions. C'était bien aimable !

Elle a posé devant leur voisin un verre de vin. Rouge. Louis ne savait pas qu'il y en avait chez eux. À moins qu'elle vienne de l'acheter, au cas où. Le visiteur boit, la mère de Louis l'encourage :

– Ça fait soif, hein ? Encore une goutte ?

– Ma foi, oui, c'est pas de refus ! répond-il.

Et ils se sourient, complices.

– Asseyez-vous donc un petit moment ! l'invite la mère de Louis.

Alors le visiteur s'assied sur l'ancienne chaise de Martin... Quand il fait ça, une espèce de piqûre d'aiguille traverse la poitrine de Louis ; il ne sait pas d'où cela vient, c'est si brutal, il n'a pas le temps de dire « ouf » qu'elle est déjà passée. Il respire doucement maintenant, craignant qu'elle ne revienne lui percer le cœur. Et il ne regarde pas Josef assis sur la chaise de son père ; il regarde derrière lui, le rectangle de fenêtre, par lequel on voit d'autres fenêtres derrière lesquelles se vivent d'autres vies, tellement de gens, tellement, tellement d'autres vies que la sienne, tellement…

En même temps qu'il ne regarde pas, il entend : la voix de sa mère, une voix qui n'est pas celle de d'habitude, une voix qui fait des cabrioles ! Elle n'arrête plus de bavarder, trop contente sans doute d'avoir trouvé quelqu'un à qui parler. La voix raconte trop de choses, trop vite ! Louis est gêné de l'entendre confier tant de choses de leur vie : elle parle de là-bas, de leur départ à la mort de Martin, si inattendue, un tel choc…

– Louis a eu du mal à s'adapter, au début, avoue-t-elle. Après la campagne, ça faisait un tel changement…

Et Louis se demande de quel droit elle parle d'eux comme ça, à cet homme qu'ils ne connaissent pas, et ça le démange de protester pour qu'elle arrête. Mais il n'ose pas.

Elle ajoute :

– Moi, je m'y suis faite assez vite, finalement ; faut dire que la campagne, ça me pesait parfois. On s'y sent seul, n'est-ce pas ?

« Seul ? » La tête de Louis bourdonne, on dirait qu'un million d'abeilles lui passent par les oreilles dans un bruit d'enfer !

Sa mère soupire.

– C'est pas facile tous les jours, évidemment… Mais bon, c'est la vie !

Et elle conclut d'un ton un peu forcé :

– Y a toujours plus malheureux que soi, pas vrai ?

– Sûrement ! répond Josef.

– Et puis j'ai Louis… ajoute-t-elle.

Après qu'elle a prononcé son nom, un silence flotte dans la pièce, comme un morceau de nuage décroché du ciel qui ne saurait où se poser. Louis parvient alors à tourner la tête, et à les regarder, tous les deux. Sa mère lui sourit. Josef lui sourit à son tour.

– Pour moi non plus, c'est pas facile, c'est sûr, renchérit Josef en hochant la tête. J'ai perdu mon boulot, le patron a fait faillite, alors tout le monde a fini sur le carreau, fatalement ! J'ai eu de la veine, j'en ai retrouvé un autre assez rapidement. Parce que sinon, la dégringolade, ça va vite, hein ? Pas facile le nouveau patron, mais pas un mauvais bougre non plus. Bon, question salaire, c'est pas le Pérou, mais je m'en sors pas trop mal ! Et puis, allez donc savoir si le Pérou c'est vraiment le Pérou, hein ? Qu'est-ce qu'on en sait, nous, après tout ?

Et ils rient tous les deux de la petite blague qu'il a faite.

– Heureusement, c'est comme vous, j'ai mes deux petites, ça aide à tenir ! Et puis, faut pas trop se retourner sur le passé. Pour les enfants, faut aller de l'avant.

– Exactement ! répond la mère de Louis. Et sans indiscrétion, vous faites quoi comme métier ?

– Couvreur.

– Oh ! C'est dangereux ! Ça glisse un toit ! On peut tomber de haut !

– Faut de l'équilibre, c'est sûr…

– C'est quoi couv… commence Louis.

Mais il n'a pas le temps de finir sa phrase parce qu'on frappe à la porte.

– Ouvre, Louis ! lui lance sa mère, ravie. Tant de visites d'un coup, alors qu'on a été si seuls… explique-t-elle.

– C'est moi ! annonce Sofia en entrant.

On le voit bien, évidemment. Elle continue :

– Je viens chercher papa. Le dîner est prêt. Et Maria a sommeil.

– Bon, j'arrive ! répond Josef.

Sofia fait à peine attention à Louis. Elle

semble morose, boudeuse : peut-être que le dîner a attendu, et que c'est un peu brûlé, ou refroidi.

Mais tout à coup, la mère de Louis s'exclame :

– Pourquoi on ne dînerait pas tous ensemble ?

Puis se rendant compte que c'est sans doute un peu précipité, elle ajoute :

– … Un de ces soirs, ou un midi si vous préférez… ?

– Bonne idée ! sourit Josef.

– Eh bien… pourquoi pas dimanche ? suggère-t-elle.

– Euh… oui… Hein, Sofia, qu'est-ce que t'en dis ? demande Josef.

Sofia n'en dit rien, ni oui ni non, mais le bleu d'acier de ses yeux est comme la lame d'un couteau, tranchant.

Devant ce regard sévère, son père hésite, se trouble et puis bredouille, finalement :

– C'est d'accord, si rien ne… c'est d'accord.

Sofia et son père sortent de l'appartement.

– Au revoir ! fait Josef.

Mais Sofia semble devenue aussi muette que Maria et ne dit ni au revoir, ni à bientôt, ni rien du tout, tandis que la mère de Louis leur lance gaiement :

– Au revoir, et à dimanche midi ! Et encore merci de votre aide !

Ce soir-là, Louis et sa mère dînent un peu plus tard. Elle discute en préparant le repas, elle a les joues roses, les yeux brillants, elle a l'air toute neuve !

La chaise de Martin est vide, maintenant. Louis respire mieux. Un peu plus tard, après le dîner, en fermant les volets, il s'aperçoit que ses voisins ont oublié le pauvre Riri dehors.

Chapitre 6

Josef et ses deux filles viennent le dimanche suivant, comme prévu. Eugénie a préparé un très bon repas. Au début, ils sont tous un peu gênés, mais cela ne dure pas. Heureusement. C'est Sofia qui s'est installée sur la chaise de Martin. Ça n'a été décidé par personne, ça s'est fait tout seul. Les adultes ont commencé par parler du repas : le civet de lapin aux champignons, les pommes de terre sautées aux petits oignons. La maman de Louis se demande si elle a fait le bon choix, le papa de Sofia l'assure qu'il *a-do-re* le civet !

– Ça tombe bien, alors ! déclare la maman, soulagée.

– Exactement ! fait le papa.

Eugénie se met à raconter une drôle d'histoire de lapin que son père, quand elle était enfant, n'était jamais parvenu à tuer ! Pour que l'animal ne se rende pas compte du mauvais sort qui l'attendait, par compassion et avant de l'assommer, il s'était mis en tête de lui faire boire un verre de vin, de le saouler, en somme. L'animal s'était mis à trembler ; mais loin de l'abrutir, le verre de vin l'avait complètement excité. Pris d'une immense gaieté, il batifolait dans sa cage, y faisait des bonds, de vraies galipettes, impossible de l'attraper ! On avait fini par renoncer à le transformer en civet et ce lapin était mort de vieillesse.

Tout le monde rit de cette histoire, même Louis qui la connaît par cœur. Mais il rit pour encourager Sofia à rire, et c'est ce qu'elle fait.

– Quel dommage que vous ne l'ayez pas mangé, tout de même ! s'exclame Josef. Sa viande devait être sacrément parfumée !

– Sûrement ! renchérit Eugénie. Mon père l'a toujours regretté.

Pendant que les adultes parlent, Maria semble être là sans y être vraiment. Elle ne regarde personne, ne semble pas écouter non plus. Sa poupée calée sur les genoux, elle mange à petites bouchées, elle picore comme un moineau. Parfois, son regard s'écarquille étrangement, va se perdre. Les yeux grands ouverts, elle rêve.

Après la tarte aux cerises, « divine ! » selon Josef, les enfants demandent à sortir de table et on le leur accorde. Josef sort une cigarette, en propose une à Eugénie qui la refuse.

– Ça ne vous gêne pas si je fume ? demande-t-il. C'est la seule de la journée…

– Faites ! lui répond-elle. À chacun ses petits plaisirs…

Les enfants s'asseyent sur le lit de Louis. Maria, elle, s'installe sous la lucarne, dans la lumière du soleil, comme chez elle, et elle reprend sa conversation muette avec sa poupée.

– C'est là que je dors… explique Louis, un peu platement. Il n'a jamais tenu de conversations avec une fille et ne voit pas bien ce qu'il peut raconter à Sofia pour l'intéresser…

– Je me demande, hésite-t-elle, si mon lit n'est pas juste là, de l'autre côté de ce mur…

Ne sachant quoi ajouter, Louis se tait.

– Je vais voir ! décide soudain Sofia en sautant du lit. Elle sort, un court instant s'écoule, et puis Louis entend « toc toc ! » contre le mur !

« Toc toc ! », répond-il alors de son côté.

Ils jouent à cela, trois ou quatre fois. Puis, Sofia s'arrête quand elle a mal aux doigts. C'est ce qu'elle lui explique en revenant.

– Ils sont tout rouges, regarde ! On dirait des radis ! s'écrie-t-elle.

– Fais voir !

Elle tend les doigts devant lui, et ils tremblent un peu, comme ceux de Louis le jour de leur première rencontre. Alors elle s'exclame un peu trop fort :

– Je tremble ! C'est le vin ! Comme le lapin ! Je ne veux pas mourir ! Au secours !

Ils rient et ils crient à leurs parents :

– On en a marre d'être enfermés comme des lapins ! On sort, d'accord ?

Les parents n'ont même pas le temps de répondre que les deux enfants sont déjà dehors. Ils descendent les escaliers quatre à quatre, sautant les marches pour que la mort ne les rattrape pas. Jamais.

Dans l'appartement, quand la porte d'entrée claque derrière eux, Maria sursaute, comme si ça l'avait réveillée. Elle fixe l'endroit par où sa sœur et Louis ont disparu. Son père lui sourit pour la rassurer :

– Ce n'est rien, Maria. Ils sont partis jouer. Ils vont revenir.

Elle reste inquiète, malgré tout, cela se voit. Elle secoue sa poupée, comme si elle n'arrivait pas à la réveiller, et plus ça va, plus elle la secoue, et de plus en plus violemment.

Alors son père se lève, la prend dans ses bras.

– Arrête Maria, arrête de secouer ta poupée comme ça. Tu vas la casser, à force ! Allez viens faire un petit câlin...

Et il explique à Eugénie :

– Elle a les nerfs un peu dérangés, parfois...

Eugénie, désemparée par cette fillette un peu bizarre, cherche quoi faire, quoi lui donner, comment la distraire. Finalement, elle lui tend la boule de verre qui fait tomber la neige sur la danseuse quand on la retourne. Maria cesse de s'agiter. Elle regarde, les yeux écarquillés, émerveillée. Elle refait le geste, deux fois, trois, quatre, dix fois sans se lasser. Et elle murmure :

– Encore, encore et encore et encore…

Elle finit par s'endormir sur les genoux de son père, presque roulée en boule, comme un chaton.

– Elle s'endort souvent comme ça, dans la journée, déclare son père. Parce que la nuit, elle ne dort pas très bien. Il lui arrive même d'être somnambule. Elle se lève, alors il faut bien la surveiller, elle peut faire n'importe quoi sans se rendre compte, en dormant. Elle pourrait même sortir de la maison…

– Ah ! fait Eugénie.

Et elle observe avec un peu de crainte cette toute petite fille qui fait des choses mystérieuses, un peu inquiétantes.

– Je ne sais plus bien quoi faire…, avoue Josef, l'air soudain très fatigué. Vous ne trouvez pas que des fois, on est comme dans un tunnel, et qu'on n'en voit pas le bout ?

Pour réconforter le pauvre homme, Eugénie lui dit :

– Faut pas se décourager, Josef ! En grandissant, ça lui passera sûrement, vous verrez !

Il soupire :

– J'espère…

– C'est sûr ! Vous verrez ! répète-t-elle avec une telle conviction que Josef la regarde avec reconnaissance, et s'exclame :

– Vous êtes drôlement gentille, Eugénie ! Vous m'avez ragaillardi ! Merci !

Elle rougit et murmure :

– Oh ! C'est rien… Vous me donnez bien du courage, vous aussi.

Chapitre 7

Ça s'est fait tout seul, ils en ont pris l'habitude : le dimanche, ils mangent tous les cinq. Eugénie, Josef, Sofia, Maria et Louis.
– On se tient compagnie… résume Eugénie.

Une fois chez les uns, une fois chez les autres.

– Comme ça, y a pas de jaloux ! ajoute Josef.

Et c'est vrai que c'est bien agréable, ce repas qui se prolonge dans l'après-midi…

Pendant que les parents discutent, au grand plaisir d'Eugénie, Maria joue inlassablement avec sa poupée. Cependant, quelquefois, elle s'arrête, elle tend l'oreille, on dirait qu'elle entend quelque chose ou quelqu'un approcher, mais au bout d'un instant, elle soupire, reprend sa conversation muette avec la poupée, comme si, toujours, ses espoirs étaient déçus.

Toujours aussi, à la fin de la journée, elle tend timidement la main vers la boule de verre. Eugénie alors l'autorise en souriant :

– Mais oui, tu peux la prendre, Maria !

La petite la manipule longuement, sans se lasser. Et la neige, dedans, tombe et retombe infiniment.

Sofia et Louis, eux, jouent aux cartes, aux dames, aux petits chevaux, ou vont faire un tour tous les deux s'il fait beau. Louis aime aller se promener avec Sofia le long de la rivière. Ils y jettent des cailloux, tentent des ricochets, Louis est plus fort que Sofia à ce jeu-là. S'il fait vraiment beau, si l'automne est doux et doré, ils enlèvent leurs souliers, se trempent les pieds dans l'eau, s'aspergent en riant, guettent les bonds des carpes d'argent. Une fois, Louis a glissé, il est tombé en battant des bras comme un fou ! Sofia a crié ! Elle a eu peur qu'il ne se noie. Cela ne se pouvait pas, l'eau n'était pas assez profonde pour ça. Mais il s'est tu, parce que cela lui faisait sacrément plaisir qu'elle ait si peur pour lui...

Souvent, aussi, ils s'asseyent quelque part, sur un banc, ou sur la berge, mâchonnent une tige d'herbe et discutent.

C'est quelque chose de décidément nouveau pour Louis. Il se sent vraiment très maladroit.

Sofia, elle, réfléchit tout haut parfois ; c'est un peu drôle ! Elle parle, elle considère, elle juge, et pour finir, elle lui demande, invariablement :

– Et toi, tu en penses quoi ?

Louis voit venir la fatale question, il la redoute comme la peste ! Parce qu'il a bien du mal à y répondre… Il ne sait pas trop ce qu'il pense ni même s'il pense pour de vrai ou s'il fait seulement semblant pour imiter Sofia, puisque à cette question-là, sa tête lui paraît aussi vide qu'un tonneau creux. Comment savoir ?

Il essaie de s'en tirer en déclarant :

– Oh ! Moi, tu sais, ça m'est un peu égal !

Le silence de Sofia l'inquiète. Parce qu'elle pense pour de vrai, elle, il en est sûr ! Et ce qu'elle pense de lui, il a peur de le savoir : elle le trouve sans doute idiot.

Alors il tente désespérément de trouver quelque chose à lui dire : même pas quelque chose d'intelligent, juste quelque chose. Et parfois, miracle, il y parvient !

– Tu crois, lui demande Sofia, qu'une fille vaut tout autant qu'un garçon ? Je me pose la question, parce que les gens, souvent, ils ont l'air de trouver que les garçons sont plus forts, plus actifs. Mon père, par exemple, je crois qu'il aurait aimé avoir un fils. Il ne l'exprime jamais mais je le sens. Il l'a avoué l'autre jour à ta mère : « Ce que les filles sont compliquées ! Un garçon, c'est plus simple, je crois, non ? Quand une fille naît, il devrait y avoir le mode d'emploi avec, pour aider son père à la comprendre ! » Ta mère a rigolé, et elle a répondu : « C'est pareil pour une mère et son fils, je crois… » Alors, moi, je me suis demandé si une fille ça valait *vraiment* un garçon. Ou non…

Là, Louis devine que s'il prétend : « Oh ! Moi, tu sais, ça m'est un peu égal ! » Sofia va le fusiller sur place. Du coup, il bredouille :

– Euh, ça s'achète pas une fille, un garçon non plus ! Alors ce n'est pas une question qui se pose…

– Bah ! Si, puisque je te la pose ! insiste son amie, le menton relevé, d'un air de défi.

Alors avec audace, Louis lance :

– Une fille comme toi, en tout cas, ça vaut bien plus qu'un garçon comme moi ! Ça, c'est sûr !

Sofia a l'air contente de cette réponse, et Louis se sent tout fier. Il croit qu'il en a fini pour aujourd'hui, qu'ils vont pouvoir s'attaquer aux ricochets où là, il est certain de lui donner une leçon. Mais non, des questions, Sofia, elle, en a toujours des tonnes en réserve :

– Je n'ai plus envie de jouer ! soupire-t-elle. Je suis trop grande… Je me demande ce que je vais devenir… Et toi ?

C'est le genre de réflexions qui semble la plonger dans une sorte d'abîme…

– Tu rêves de devenir quoi, toi, Louis ? Pour de vrai…

– Avant… avant, je rêvais de…

La voix de Louis se brise. Il a dans sa main le caillou tout prêt pour le ricochet, mais il ne le lance pas, il le triture entre ses doigts, le laisse tomber dans l'eau où il fait un tout petit « plouf » de rien du tout et disparaît. Sofia fixe son ami de son regard bleu, semblable à l'eau d'un lac très profond. Elle attend. Elle attend que les mots de Louis remontent sa gorge comme les carpes d'argent jaillissent du fond de la rivière. Et les mots, soudain, font ce qu'elle attendait, ils surgissent, pressés, haletants de la bouche de Louis qui lui confie :

– Avant, je rêvais de devenir un géant, comme mon père. On allait ensemble sur nos échasses à travers le marais, c'était vert, gris, mouvant, un territoire à nous, secret... et on voyait tout de haut, et très loin. Je ne peux pas vraiment t'expliquer mais c'était... c'était merveilleux... grandiose. On était comme des rois ! Des rois dans un royaume mystérieux. Enfin, c'est ce que je croyais... Mais c'étaient des rêves de gamin, bien sûr. T'as raison de dire qu'on est grands, maintenant : la preuve, je ne rêve plus de rien.

Et il pense à ses échasses qui le faisaient roi et géant, sur lesquelles à présent il suspend ses vêtements.

Sofia hausse les épaules :

– Moi, je ne vois pas en quoi les rêves seraient seulement réservés aux enfants… Sans les rêves, la vie serait trop dure, pour tout le monde. Ça sert à ne pas être triste, d'avoir des rêves. Et ils peuvent se réaliser, un jour ! Moi, j'y crois !

Louis digère cette information. Sofia a des rêves, et elle croit qu'ils peuvent se réaliser. « Mais quels rêves ? »

Avant qu'il lui ait posé la question, comme si elle l'avait devinée, elle déclare :

– Mon rêve à moi, si tu veux savoir, c'est de monter des spectacles de danse, de théâtre ! Parce que c'est gai, plein de couleurs. Ça donne du bonheur, voilà !

Et aussi sec, elle ajoute :

– Et si tu veux tout savoir, eh bien, je m'entraîne ! Pour que mon rêve se réalise, je m'entraîne tous les jours. Je sais ce qu'il faut faire. Je m'exerce à la barre avec un balai. Et je fais le grand écart le long du mur du couloir, le soir, pour devenir très souple. Et puis je me couds des costumes. Toute seule ! C'est maman qui m'avait montré comment faire... Il y a longtemps, mais je n'ai rien oublié.

– Ah ! fait Louis, impressionné.

Et après un temps de réflexion, il déclare :

– Si tu t'exerces, ce n'est plus un rêve, c'est un projet ! Et un projet, ça se réalise encore plus sûrement qu'un rêve ! Parce qu'on peut se faire aider...

Sofia le regarde bouche bée. Puis elle s'écrie, joyeuse :

– Oui, oui, tu as raison ! T'es vraiment le roi de la compréhension, toi ! Quand j'étais petite, c'était un rêve, mais maintenant que j'y travaille sérieusement, c'est devenu un projet ! Et tu m'aideras ! Hein ? Tu m'aideras, Louis !

– Ben oui, évidemment ! Tu me diras ce qu'il faut que je fasse, et je le ferai, c'est tout, lui assure-t-il.

Elle lui saute au cou, comme si elle l'avait attendu longtemps sur le quai d'une gare, en se demandant s'il arriverait jamais ; il est là, maintenant, et ça la rend folle de joie !

Quand ils repartent, Louis marche sans plus bien voir ni savoir où il va. Il lui semble que plein de petites étoiles farceuses pétillent dans ses yeux.

Il repense au père de Sofia qui dit qu'une fille c'est compliqué, et Louis ne sait pas s'il est capable de comprendre les filles, mais ce qui est sûr c'est qu'il comprend Sofia. Et comme Sofia est une fille, il espère que c'est un bon début !

Chapitre 8

L'automne arrive, l'automne est là. Louis travaille toujours pour gagner un peu d'argent. Il va aussi à l'école, plus ou moins. Il a convenu avec sa mère qu'il vaut mieux qu'il fasse l'effort d'y aller encore.

– Ce que tu apprends aujourd'hui te servira plus tard, lui affirme-t-elle.

Il a un peu de mal à comprendre à quoi cela lui servira, mais elle dit, les yeux froncés :

– Quand on ne sait rien, les autres abusent. Ils nous font avaler des couleuvres, croire n'importe quoi ! Et nous, les ignorants, on est là, on gobe tout, couleuvres et mensonges, tout ! Va encore à l'école, Louis, t'auras moins à supporter, plus tard.

Alors, il y va.

Il va aussi jouer au foot avec ses copains. Il joue de mieux en mieux. Et se battre aussi, il le fait de mieux en mieux ! La preuve : dimanche matin, il a flanqué un bon coup de poing bien placé en pleine tronche de Jules, qui s'est esclaffé comme un coyote en regardant passer Sofia :

– V'là ta poule, Louis ! Avec ses grands yeux de braise à te griller comme une saucisse !

Et les doigts dans la bouche écartée, ce crétin l'a sifflée comme on siffle un chien !

Sofia a accéléré son pas, sans les regarder, droite comme un I.

Alors Louis a lancé son poing, devant lui, comme Jules lui-même le lui avait appris, justement. Et il lui a fendu la lèvre ! Il a pissé le sang, ce babouin, ce pourri ! Ses lunettes ont volé et atterri dans la poussière de l'arène. Les autres, effarés, ont arrêté Louis avant la fin de la corrida :

– Arrête Louis, t'es complètement dingo ! Il blaguait, Jules !

– Ouais, je blague… a renchéri Jules, la mâchoire de travers et les lunettes par terre.

– J'aime pas tes blagues ! a fait Louis.

Il est rentré chez lui, blême de rage, les doigts meurtris. Et personne pour lui passer un mouchoir mouillé de frais dessus. La porte de Sofia est restée fermée.

C'est ce soir-là que Louis décide de monter sur le toit. Par la petite lucarne. Cela fait un bout de temps qu'il y pense, mais ce n'est pas facile : le passage est étroit, ça peut être dangereux, et drôlement glissant. Mais en rentrant, après cette bagarre, il se sent bizarre : à la fois furieux, et en même temps très content.

Il se sent un autre que celui qui s'est levé ce matin-là, un garçon désormais capable de monter sur le toit.

Alors Louis se hisse, tout simplement, et il grimpe. Une fois là-haut, il se tient debout, en gardant bien son équilibre comme son père le lui a appris. Une ombre glisse entre ses jambes écartées, et le déséquilibre un peu :

– Mince, qu'est-ce que c'est que ça ?

Un chat ! Il se promène sur le toit d'un air de propriétaire.

Les bruits d'en bas lui parviennent tout assourdis, comme s'il avait les oreilles un peu bouchées, alors qu'il perçoit très distinctement les petits pas précipités d'un oiseau, un peu plus loin, et le froufrou de ses ailes lorsqu'il s'envole, sans doute effrayé par le chat.

Là, dans ce silence retrouvé, Louis commence à s'apaiser.

Si haut perché, il peut voir très loin, enfin.

Il s'aperçoit que le ciel, vert et mauve, ressemble un peu à l'eau de là-bas, l'eau du marais. Et quand il voit s'approcher quelques nuages moutonneux, son cœur se met à battre plus fort encore, à lui frapper la poitrine, tel un prisonnier tapant contre les murs de sa prison pour s'échapper. Il reste là longtemps, à regarder les nuages dispersés dans le ciel, et ces nues qui s'étendent à l'infini comme le marais perdu. Pour augmenter encore l'illusion, il joint les mains devant sa bouche et fait semblant de prendre son pipeau de roseau. Il joue une musique merveilleusement silencieuse, dont il entend pourtant chaque note résonner en lui.

Alors, par magie, les nuages se rassemblent autour de lui, exactement comme l'ancien troupeau de ses blanches brebis. Et, soufflée par quelque cheminée, une écharpe de fumée grise s'enroule autour de lui.

Il ferme les yeux et il imagine que c'est son père, lui-même, qui l'enroule tendrement.

Plus tard, au cours de la nuit, il se demande si la mort est vraiment la fin de tout, comme il l'avait cru. Ou si ce qu'on croit perdu à jamais ne se transforme pas en autre chose, à découvrir, à deviner, comme l'écharpe perdue et dans le ciel revenue.

Il se dit encore que peut-être, son père continue d'être un géant, encore plus géant, plus grand que tout, puisque son fils peut le retrouver partout…

Et cette pensée infiniment douce et rassurante l'apaise d'un seul coup.

Mais soudain, une voix interrompt son escapade :

– Alors fiston, ça te plaît, les toits ? Tu veux faire couvreur comme moi ?

Et Josef se hisse, à son tour, et s'assied près de Louis. Il allume une cigarette.

– Couvreur, poursuit Josef, si on n'a pas le vertige, si on a un bel équilibre, c'est un beau métier !

– J'ai pas le vertige ! le rassure Louis.

Josef tire une bouffée de sa cigarette, il relâche ensuite une minuscule écharpe de fumée grise qui monte, elle aussi, rejoindre les autres dans le ciel. Que deviennent ensuite toutes ces fumées-là une fois que plus personne ne les voit ? Mystère.

– C'est vraiment un beau métier ! continue Josef. Tous les autres, en bas, sont des fourmis, tu vois ? Et nous, en haut…

– On est des géants… des rois…, souffle Louis.

– Exactement ! confirme Josef. Mais en attendant, j'ai bien peur que Nos Majestés ne prennent froid, et que la reine mère ne se mette en pétard ! Gare à la baffe royale, quand tu redescendras, p'tit gars !

Et ils redescendent. De retour dans l'appartement où Eugénie les attend bras croisés et l'air courroucé, Josef passe un bras affectueux et protecteur autour des épaules de Louis :

– Bon, ça va, Eugénie, il ne lui est rien arrivé de grave au garçon. Il est seulement monté tutoyer les nuages, vous n'allez pas en faire tout un fromage, non ?

Louis sait bien que si Josef n'avait pas été là, cela ne se serait pas passé comme ça, et que la taloche démange drôlement la main de sa mère. Mais là, devant le sourire enjôleur de Josef, elle n'ose pas. Elle le prie seulement de ne plus recommencer.

– En tout cas, pas tout seul ! nuance Josef en lançant au garçon un clin d'œil complice.

Une fois couché, Louis repense à cet instant-là : aux corps que la mort a enterrés, aux fumées qui montent de la terre au ciel, à tout ce qu'on croit perdu parce qu'on ne le voit plus, à ces petits points qu'on est, humains d'en bas, enfin oui, à tout ça. Et puis il rêve. Il rêve d'une multitude de toits qui font comme une mer pleine de vagues, et lui, en songe, saute de toit en toit, de vague en vague, avec Sofia, et ils grandissent un peu plus à chaque pas, à chaque bond, à chaque vague, jusqu'à devenir deux géants ! Maria est là aussi, assise sur un toit ; elle semble heureuse, et même, elle chante, il entend sa voix… À moins que ce ne soit pas la sienne, mais le chant du monde que Maria porterait comme un oiseau secret dans la cage de son cœur.

Au matin, quand Louis s'éveille, la première pensée qui lui vient est qu'il sera bien, comme le voulait son père, un homme au cœur très grand.

Et aussi un homme heureux.

Chapitre 9

Le temps passe comme ça, tranquillement, les semaines suivant les semaines, formant des mois, et puis une année. Louis continue de se rendre parfois à l'école, d'y étudier un peu, d'y rêver beaucoup, en cachette.
Quelquefois, ses rêves et l'école se rejoignent, et il en est surpris. Il croyait ces deux mondes séparés par un trou béant.

Cela arrive, en cours de géographie, quand le maître montre sur la grande carte murale le tracé des fleuves qui rejoignent les mers…

Louis observe cette carte; elle ressemble à une main sur laquelle courent des lignes mystérieuses: ligne de cœur, ligne de chance, ligne de vie... Les bohémiennes devinent le destin des hommes. Louis ignore si cela est vrai, mais il est tenté de le croire, parce que ce serait très beau, ça, qu'on lise sur les lignes de la peau comme dans un livre.

Le maître parle aussi de la faune, et de la flore; et, pour une fois, il emploie des mots que Louis reconnaît: il dit les landes humides où l'on cueille les joncs qui donneront l'osier avec lequel on pourra faire des paniers. Et Louis revoit sa mère, assise à l'ombre du tilleul, tressant le panier dans lequel ils recueilleraient les fruits, et massant, le soir, ses doigts douloureux d'avoir durement travaillé. Le maître parle des oiseaux qui habitent le marais, le butor étoilé, le courlis cendré, la bécassine des marais... Et Louis lève la main, et ajoute timidement:

– Il y a le héron aussi, et le balbuzard pêcheur…

Le maître approuve d'un hochement de tête satisfait :

– Bien, Louis.

Louis est tout surpris de faire entrer ces mots-là ici, dans cette classe d'école, un peu comme s'il y invitait d'anciens amis perdus de vue et qu'il était heureux de retrouver. Pour prolonger ce plaisir, il se lance, raconte que dans ces zones humides vivent également des loutres, des putois, des ragondins, des rats noirs ou musqués… Et puis bien sûr, différentes sortes de crapauds verts ou dorés, grenouilles rousses et agiles, tritons marbrés. Et qu'on y pêche à profusion des truites, des anguilles…

Toute la classe, étonnée, se tait, et l'écoute. C'est pour Louis un moment étrange. Inoubliable.

Une autre fois, le maître annonce :

– Je vais vous parler, ce matin, d'un géant de la science : Louis Pasteur.

Au mot « géant », Louis dresse l'oreille, évidemment. Et que ce mot-là soit suivi de son prénom à lui, Louis, voilà qui est encore plus surprenant ! Il comprend vite que ce géant-là ne l'est pas grâce à sa taille, mais grâce à son savoir, à son génie qui l'a amené à cette découverte incroyable : les microbes, ces tout petits riens du tout, étaient plus forts que tout ! Enfin, jusqu'à ce que lui, Louis Pasteur, invente encore plus fort qu'eux : un vaccin fait à partir d'un minuscule bout du microbe lui-même, donc encore plus petit que tout !

Qu'il y ait du géant dans le minuscule, ça le sidère, Louis !

Depuis ce jour-là, Louis écoute le maître un peu plus attentivement ; pas chaque jour, pas tout le temps, mais tout de même plus souvent. C'est ainsi qu'il apprend qu'il y a eu beaucoup d'autres géants ailleurs que dans le marais, et que, comme lui a dit son père, certains ont eu un cœur très grand ; comme Victor Hugo, « ce

Victor Hugo

géant de la littérature». Et le maître leur lit des passages d'un très gros livre de plus de mille pages, un roman géant sur des pauvres gens, appelé *Les Misérables*, dans lequel une petite fille très malheureuse a perdu sa maman, comme Maria, et parle elle aussi à sa poupée… C'est un grand homme qui la sauve.

Le miracle, découvre Louis, c'est cela : les géants meurent comme tout le monde, mais leurs paroles, leurs actes, leurs écrits, tout cela reste vif très longtemps, presque éternellement.

Ce soir-là, quand il rend visite à Sofia, Louis aperçoit Maria penchée sur sa poupée ; alors il se demande quels mots aurait trouvés ce Victor Hugo pour rassurer, consoler, sauver cette petite fille-là. Ah ! Si seulement il pouvait souffler à l'oreille de Maria ces phrases qui la sortiraient de son silence… Mais rien ne lui vient, aucune idée de génie, aucun mot miraculeux. Cela l'attriste un peu.

Heureusement, Sofia l'entraîne dans son projet et ça lui regonfle le moral. Car il a une place dans ce projet-là, une grande place même ! Elle a imaginé, pour l'anniversaire de Maria, de lui monter un spectacle ! Un vrai, un beau, un grand spectacle. Et pour son projet, elle va avoir besoin de Louis, grand besoin !

Pour le moment, il la regarde faire : elle coud des plumes sur une sorte de chemise de nuit pour en faire un costume.

– Ce sera un spectacle spécialement pour toi ! Tu te rends compte, Maria ? lance-t-elle à sa petite sœur.

Mais Maria, ce qui l'intéresse, pour le moment, ce sont les plumes. Pour la plupart, ce sont celles de pigeons que Josef et Louis sont allés chercher sur le toit. À l'origine, elles étaient blanc et gris, mais Sofia les voulait colorées et elle les a peintes ; maintenant, elles ressemblent à des plumes de perroquets !

– J’ai fini ! s’exclame Sofia en coupant le fil d’un coup de dents énergique. Regarde !

– C’est chouette ! admire Louis. Tu vas ressembler à… à un ange ! Un ange en couleurs !

Elle le regarde d’un air indigné :

– Un ange ? Ça va pas la tête ? Un ange ! Mais c’est cucul la praline, les anges ! Moi ce que je veux, c’est me transformer en oiseau magique ! En oiseau de feu ! Oui, monsieur !

Et elle lui explique :

– À l’école, on nous a raconté *L’Oiseau de feu* : c’est l’histoire d’un chevalier et d’un oiseau magique. Et ça va être ça mon spectacle, et j’aurai besoin de toi !

– Et je ferai quoi ? Le chevalier ? demande Louis, un peu inquiet.

– Ben oui ! Évidemment ! T'as pas le choix ! Il s'appelle Ivan, parce qu'il est russe ! Moi, je serai la princesse Sublime, dont il est amoureux.

– Évidemment ! soupire Louis.

Sofia ne relève pas et continue sur sa lancée :

– Le chevalier Ivan voit un oiseau merveilleux, tout d'or et de feu. Il le poursuit dans le jardin du château et il arrive à le coincer !

– Oh ? C'est vrai ? demande Louis un peu épaté.

– Oui, c'est vrai. Et l'oiseau de feu lui offre une de ses plumes contre sa liberté. C'est une plume magique. En cas de danger, le chevalier n'aura qu'à l'agiter, et l'oiseau de feu apparaîtra pour l'aider.

– Ah ! D'accord.

– Dans le château, il y a une princesse. Elle s'appelle Sublime, parce qu'elle l'est. Ivan en tombe immédiatement fou amoureux. Il veut l'enlever, mais les gardes le voient, et c'est la grande bataille ! Ivan se bat comme un diable… Tu sauras faire ça ?

– Évidemment ! T'as vu mes muscles ?

– Les gardes l'attaquent, mais lui, il leur crache dessus !

– Non, sans blague ? lâche Louis impressionné.

– Mais ça ne sert à rien. Il est fait prisonnier et le père de la princesse Sublime, pour le punir, veut le changer en pierre. Comme ça !

Sofia prend la pose, toute droite, toute raide, comme une statue, et elle ne bouge plus. Plus du tout. Tellement qu'on ne voit même plus qu'elle respire. Jusqu'à ce que Maria, à laquelle personne ne pensait à ce moment-là, pousse un cri, un drôle de cri d'oiseau de nuit. Louis et Sofia sursautent, et Sofia se précipite vers sa petite sœur :

– T'as eu peur, Maria ? Mais c'est rien ! C'est

rien du tout ! On joue ! Regarde, tout va bien, tu vois ? Je vais bien.

Qui sait ce qu'elle a vu, la petite Maria aux yeux écarquillés, à travers ses larmes qui dégoulinent le long de son nez et de ses joues jusque dans le cou comme des ruisseaux. Ses doigts serrent si fort sa poupée que leur bout en est devenu tout blanc. Louis les lui caresse un peu fort, un peu maladroitement.

À un moment, elle abandonne, elle ouvre les mains et sa poupée tombe. Louis la ramasse, la lui tend. Après, elle la reprend, et presque machinalement, elle recommence à se balancer tout doucement.

– Bon ! Et ça se termine comment, alors, cette histoire ? demande Louis. Il est un peu oppressé maintenant ; il entrouvre la fenêtre pour sentir l'air entrer et les voix du dehors et les bruits de la vie tout autour d'eux.

Sofia respire un grand coup :

– Ça se termine bien. Le chevalier agite sa plume, l'oiseau de feu tient sa promesse et revient, et il le délivre. Le sortilège est rompu. Voilà.

– Voilà… répète Louis, légèrement sceptique. Et… et ce sera toi aussi l'oiseau de feu ?

– Ben oui ! Parce qu'il faut danser ! Comme les flammes ! C'est ma spécialité, ça, regarde !

Pour lui montrer, elle fait quelques mouvements des plus gracieux, se met sur les pointes comme la danseuse dans la boule de verre d'Eugénie, puis elle tourne, tourbillonne joliment et fait la lune pour terminer en beauté. Louis se sent à la fois admiratif et gêné parce qu'il a vu sa culotte quand elle a fait la lune et qu'il se demande si ça fait partie du spectacle de voir la culotte de feu ou si c'est une erreur ; mais il n'ose pas le lui demander.

– Ce sera très bien ! affirme-t-il en y mettant le maximum de conviction pour s'en convaincre lui-même.

– Évidemment que ce sera très bien ! dit Sofia. Mais il faudra que tu m'aides. Pour les décors surtout. Je ne peux pas tout faire ni être partout, moi !

– J'irai prendre des cartons dans la fabrique où maman fait le ménage. Ce sera bien, ça, pour notre château ! suggère-t-il.

– Parfait ! confirme Sofia. Je compte sur toi !

Par la fenêtre entrouverte, ils entendent la musique du *Café des Amis*, en bas, et le bruit que font les gens quand ils boivent et rient trop fort pour faire peur au malheur, l'empêcher d'approcher. Tout ce vacarme coupe le sifflet au canari.

– Bon, j'y vais ! dit Louis.

Mais il a du mal à y aller. Quelque chose de l'immobilité de la statue a dû demeurer dans cette pièce, et pèse sur lui, sur eux ; le froid du marbre, peut-être, le fait frissonner. Il aimerait voir entrer le grand oiseau de feu et avoir lui aussi le droit de faire un vœu. Un vœu qui arrangerait tout, pour tout le monde ! Un vœu qui rendrait à tous, le monde absolument merveilleux.

Chapitre 10

Pendant les semaines qui suivent, Sofia et Louis s'occupent du spectacle. C'est devenu leur grand projet à tous les deux. Ils fabriquent les costumes, les décors et répètent leurs rôles. Louis, petit à petit, se prend au jeu. La nuit, il rêve d'effroyables combats contre les gardes pour ne pas être changé en pierre. Pendant leurs répétitions très acharnées, Maria les observe sérieusement, la poupée calée sur ses genoux. Mais au moment où Louis, déguisé en Ivan, brandit la plume d'or pour appeler à l'aide l'oiseau de feu, Maria tend la main et ses lèvres murmurent :

– Donne-la-moi…

Il n'entend pas vraiment ses mots, mais il les devine, et d'ailleurs, parfois, il la lui donne, cette plume tellement désirée. Mais alors, ensuite, elle ne veut plus la rendre, et ça énerve Sofia.

– C'est pas grave ! tempère Louis, plus conciliant. Laisse-la jouer avec…

Mais Sofia se met en colère. Elle râle :

– Déjà qu'on n'en a pas des tonnes de plumes ! Et la peinture d'or ! Je n'en ai qu'un tube tout riquiqui, et je l'ai presque entièrement utilisé déjà ! Alors crotte !

Et elle arrache la plume magique des mains de Maria, sans se laisser attendrir par ses larmes. Louis est un peu gêné. Il demande à Sofia, sans la regarder :

– Pourquoi t'es aussi méchante avec elle ? Elle a déjà assez de peine… Moi si j'avais une petite sœur…

Il ne relève pas les yeux, mais il sent que Sofia le regarde, durement. Ça lui fait comme une lame invisible pointée vers lui. Et elle lui crache ces mots :

– Et moi ? J'ai pas assez de peine, moi, peut-être ? Et on n'est pas dur avec moi ? Hein ? Toujours sur mon dos, tout le monde, tout le temps !

Sa voix se fêle :

– Moi aussi je l'ai perdue, ma mère... Moi aussi ma vie est assez difficile comme ça... Alors arrête de me faire la morale, tu veux ?

Louis n'ose plus bouger, n'ose plus parler, de peur de briser encore un peu plus, sans le vouloir, la fille à la fois fragile et forte qui se tient devant lui, et qui est son amie.

Elle reprend, de sa voix habituelle :

– Au fait, avant que j'oublie : tourne pas le dos aux spectateurs quand tu parles, ils entendront mal ce que tu dis... à moins que tu n'arrives à parler avec tes fesses !

Enfin, le grand jour de l'anniversaire de Maria est arrivé !

Ils vont jouer leur pièce ! Les parents sont confortablement installés, Maria aussi, sur un petit banc que Louis et Sofia ont recouvert d'un papier de fête, avec des fleurs dorées, et Riri aussi, très attentif dans sa cage. Caché derrière le rideau de la fenêtre, Louis attend la sonnerie du réveil, qu'ils ont préalablement remonté, et qui est le signal du lever de rideau.

– Que le spectacle commence ! clament les deux acteurs dans un bel ensemble.

Et le spectacle commence.

Alors Louis devient Ivan, Sofia l'oiseau de feu, et ensuite, la princesse Sublime. Ils peuvent enfin oublier tout le reste. À ce moment-là, Louis, le chevalier, pourchasse l'oiseau merveilleux, et va le capturer. Et Sofia n'est plus la voisine qu'il connaît si bien : elle vole, elle tourbillonne, elle est une flamme qui s'échappe quand Louis est près de la saisir, jusqu'à ce qu'enfin, il l'attrape. Il la serre un instant dans ses bras qui font autour d'elle comme un cercle magique.

Dans le secret de son cœur, il pense : « Comme ce serait bien dans la vie, si l'on pouvait rester toujours ainsi, à tenir dans ses bras quelqu'un qu'on aime fort. » Ils ont baissé la lumière, et dans cette demi-pénombre, Ivan se bat contre des gardes invisibles, des ombres, des fantômes, des démons ! Il crache sur eux comme un chat sauvage qui vendrait chèrement sa peau et sa liberté. Il crache sur eux comme Louis aurait parfois envie de cracher à la gueule du destin, à celle du malheur, et de tout ce qui empêche d'être heureux.

Et au dernier moment, quand il va succomber sous les coups ennemis – que Sofia tape discrètement contre le mur –, il tire sa plume avec panache, la brandit comme un drapeau, et l'oiseau de feu, revenu de loin, le sauve enfin du malheureux sortilège. Ivan n'est pas changé en pierre, il reste vivant et il est aimé comme un prince, d'un amour si grand, si grand... d'un amour géant.

Quand ils ont fini le dernier tableau de la dernière scène, que la princesse Sublime a entrecroisé ses doigts avec ceux de Louis, si fortement, pour saluer, le public applaudit à tout rompre et crie « bravo, bravo ! » comme s'il y avait là vingt personnes, au moins ! Sofia et Louis se penchent, bien bas, si bas que Sofia se cogne la tête sur le plancher. Il fallait bien ça pour redescendre sur terre !

Louis lui donne un coup de coude dans les côtes et, du menton, lui désigne la plume.

Sofia comprend, et elle tend enfin à sa petite sœur la plume d'or si longtemps convoitée, tandis que tous ensemble, ils entonnent la chanson rituelle : « Joyeux anniversaire, Maria ! Joyeux anniversaire ! »

Dans le regard sombre de Maria dansent deux petites flammes heureuses. Tout le monde l'embrasse, et elle ferme les yeux sous cette pluie de baisers.

Il est très tard. Louis et Eugénie rentrent chez eux. Eugénie se couche la première. Elle soupire :

– Quelle bonne soirée, n'est-ce pas, Louis ?

Il lui sourit dans le noir, heureux de la savoir heureuse.

Lui ne va pas encore se coucher. Pas tout de suite.

Assis au bord de son lit, il regarde ses anciennes échasses, posées debout, auxquelles il a accroché sa pèlerine, son béret et l'écharpe rouge que sa mère lui a tricotée pour l'hiver. De la main, il caresse le bois de ces grandes pattes abandonnées. Tout lui remonte en mémoire : le marais vert et mauve, brillant de rosée au petit matin glacé, les brebis se précipitant en bêlant hors de la bergerie, les arbres penchés, le cri d'amour des crapauds à la nuit tombée et les grands oiseaux rêveurs qui reposent sur une seule patte au milieu des roseaux. Le pipeau dans lequel il sifflait, le galop du chien qui l'éclaboussait, le doux bruit du vent. Et son père, devant lui, son écharpe gris fumée au vent, si grand, et lui, mettant son pas dans les siens, confiant au sol leurs deux ombres de géants…

Louis tient-il encore sur ces maigres jambes de bois ou bien a-t-il tout oublié de l'équilibre appris autrefois ?

Le cœur battant, il décide d'essayer. Le plafond est trop bas, il s'y cogne.

Il attrape ses échasses, descend les escaliers. À chaque tournant, elles raclent le mur, en écorchent la peinture. Il arrive en bas, passe la porte d'entrée, il est dehors. Son souffle envoie une maigre fumée. En face, au *Café des Amis*, ne brille plus qu'une seule lumière. Au-dessus du comptoir, le patron compte ses sous avant d'aller se coucher. Tout autour, la nuit est un puits noir.

Ça tombe bien ! Louis n'a nulle envie qu'on le regarde comme une bête curieuse ni qu'on se moque de lui s'il chute.

Le cœur battant, il se hisse sur ses échasses, il tangue, il tombe. Il se relève, il recommence.

Il leur parle :

– Ne me laissez pas tomber, hein, les filles ! C'est moi. Vous ne m'avez pas oublié.

La nuit est calme et le silence est partout.

Une petite pluie fine commence à tomber, glacée.

Chapitre 11

Maintenant, Louis marche sur ses échasses, géant solitaire dans la ville assoupie. Il avance, de plus en plus léger. Échassier ? Berger à l'invisible troupeau ? Combien de temps arpente-t-il, ainsi, les rues de la ville qui dort ? Il ne le sait pas. Le temps n'a plus d'importance. Il marche dans un rêve où la lune le regarde avec amitié.

Il ne rentre qu'à l'aube.

Et au moment où il atteint le coin de sa rue, qui aperçoit-il, assise sur la marche du *Café des Amis* déserté ? Maria ! Maria qui attend dans le froid, comme cette petite marchande d'allumettes dans le conte d'autrefois, celle que l'hiver, un soir, changea en pierre. Sauf que ce ne sont pas des allumettes que Maria tient dans sa main, mais la plume d'or ! Elle la brandit vers le ciel pour faire un vœu secret, que personne sur Terre n'entend.

Elle espère.

Il l'appelle doucement pour ne pas l'effrayer :

– Maria…

Elle ne bouge pas.

Alors il s'approche, il tend les bras vers elle, la prend sur ses épaules comme autrefois la brebis blessée, égarée, ou l'agneau nouveau-né.

Plus tard, Louis se demandera ce qu'elle faisait vraiment dehors toute seule, à cette heure-là. Avait-elle eu une de ces crises de somnambulisme dont sa mère lui avait parlé ? Était-ce vraiment lui qu'elle attendait en cette fin de nuit, ou qui, ou quoi ?

Il ne le saura jamais.

Il se demandera aussi, après coup, si c'est bien exactement à ce moment précis que la neige s'est mise à tomber.

Maintenant, il n'a que quelques mètres à parcourir pour rentrer dans l'immeuble, mais ces mètres-là, il les franchit avec Maria sur ses épaules comme dans un rêve où tout se déroule au ralenti. Sous les premiers flocons si légers, ils renversent la tête tous les deux.

Maria souffle :

– Oh !

Il sent son haleine tiède passer dans ses cheveux.

Alors lui viennent aux lèvres ces mots-là :

– Peut-être que ce n'est pas vraiment de la neige, Maria… on dirait… on dirait des larmes… les larmes glacées de ceux qui nous ont quittés, ta maman, mon papa. On dirait qu'ils pleurent pour nous dire que c'était pas leur faute… ils sont tellement désolés…

Mais Maria lui chuchote à l'oreille :

– Et maintenant, on dirait… on dirait que ce sont leurs bisous… leurs bisous tout doux…

Louis a l'impression de flotter, un instant, détaché de la terre comme une feuille portée par le vent. Il plane, un temps qui ne se compte ni en secondes ni en minutes, un temps indéfini, et puis, tout à coup, tout s'éclaire.

– Oui, bien sûr, tu as raison, s'écrie-t-il joyeusement. Ce sont leurs bisous ! De petits bisous qu'ils nous envoient, et qui nous tombent dans le cou pour nous chatouiller ! Tu les sens, Maria ? Je les sens, moi ! Et regarde, regarde ! On dirait qu'on est dans la boule de verre, comme la petite danseuse ! Quelqu'un l'a retournée, et maintenant toute la poudre tombe sur nous ! Regarde !

Il se souvient que Maria a éclaté d'un rire aigu, perçant comme un éclat de verre brisé, et qu'il a retrouvé le sol sous ses pieds.

Quand il s'éveille, au matin, Louis se demande s'il est bien sorti sur ses échasses, cette nuit, ou s'il l'a seulement rêvé. Elles se dressent, maigres troncs au pied de son lit. Le bout en est humide comme autrefois lorsqu'il rentrait avec son père du marais.

Il se dira plus tard que quelquefois, les vœux se réalisent, et le rêve alors rejoint la réalité.

Car ce jour-là il entend pour la première fois la voix de Maria. Une voix haute et claire, à travers la mince cloison qui sépare leurs deux maisons :

– Cette nuit, dit la voix de Maria, moi, j'ai fait un rêve IMMENSE ! J'ai rêvé qu'un géant me portait. Il était si haut, si grand, qu'il m'a fait toucher maman !

Et une seconde après, le rire qu'il connaît, celui de Sofia qui s'écrie :

– Papa ! Papa ! Tu as entendu ? Maria reparle, tout haut ! Dis-lui, Maria, dis-lui !

Et Maria s'exclame :

– … C'est vrai ! Même que maman est venue et m'a fait des bisous partout ! Pour tous mes prochains anniversaires de toute ma vie ! C'est la vérité vraie !

Louis n'y tient plus, il se précipite dans le couloir, frappe chez ses amis pour partager leur joie, et au même moment, leur porte s'ouvre à toute volée ! C'est Sofia qui court chez Eugénie et Louis. Lancés tous les deux l'un vers l'autre, ils se cognent dans leur élan, s'entourent de leurs bras et se mettent à danser en riant, n'importe comment, comme deux fous. Sur le seuil de leurs appartements respectifs, Josef et Eugénie, émus, les regardent et se sourient.

Maria s'avance, et de sa voix désormais haute et claire, déclare :

– Écoutez, écoutez-moi tous ! Moi, cette nuit, j'ai rencontré le plus géant de tous les géants de la Terre ! Et il m'a portée haut jusqu'au ciel ! C'est vrai !

Le cœur de Louis se gonfle dans sa poitrine – tellement, tellement – jusqu'à devenir ce cœur immense, ce cœur de géant, comme il le désirait tant.

Dans la rue, le *Café des Amis* est fermé, aucune musique ne peut venir de là, et pourtant, il entend… ce *quelque chose* qui chante, dehors, en lui, partout… À nouveau, il l'entend, le chant du monde.

Et il se sent immensément heureux.